孙子兵法

第八册

上海人民美術出版社
浙江人民美术出版社

目 录

谋攻篇 · 第八册

战 例

司马昭久围缓攻下寿春

编文：王　铷

绘画：季源业　季津业

原　文　拔人之城而非攻也。

译　文　攻占敌人的城堡而不是靠强攻。

1. 司马昭被魏国皇帝曹髦封为大都督之后，大权在握，气焰嚣张。甘露二年（公元257年），司马昭派遣亲信贾充以慰劳为名，试探各地将军对他的反应。贾充领命，前往淮南。

2. 淮南征东大将军诸葛诞设宴招待贾充，酒至半酣，贾充道："洛阳各方人士，都愿意皇帝禅让，你的意见如何？"诸葛诞早已看不惯司马昭的专权，此次见贾充为司马昭篡夺帝位而来试探自己的反应，便厉声责骂了他。

3. 贾充回到京师，便对司马昭说：“诸葛诞在淮南，颇得人心，时间一长，必定成为您的隐患，不如现在征召回京，夺其军权。诸葛诞接到命令，必定不肯回来而谋反，您可趁早除掉他。”

4．司马昭觉得贾充说得很有道理，便来了个明升暗降的办法，擢升诸葛诞为司空，命他速回京师就职。

5. 诸葛诞本已对司马昭控制的朝廷怀有戒心，此时接到诏书，更是惴惴不安，他怀疑是扬州刺史乐綝告发了自己，就将乐綝杀了。

6. 诸葛诞聚结两淮武装十余万人，和扬州新收编的兵马四五万，屯积粮草，准备在寿春（今安徽寿县）固守。

7. 诸葛诞又派长史吴纲把自己的幼子诸葛靓送到东吴国作为人质，自愿作为东吴属臣，并请求东吴派兵援助。

8. 东吴人大喜，封诸葛诞为寿春侯，派将军全怿、全端、唐咨、王祚率军三万，由魏国降吴的将领文钦为向导，援救寿春。

9. 司马昭得悉后，亲自统帅各路大军二十六万，浩浩荡荡开往寿春征讨诸葛诞。

10. 大军刚到寿春，由于围城不严，使得文钦、全怿等率领的东吴军从城东北角突入城内。司马昭便命镇南将军王基督军严密合围。

11. 一开始，王基等人屡次请求攻城，司马昭认为，寿春城池坚固，守军众多，如果实施强攻，伤亡一定很大，万一东吴再派援军前来，正好腹背受敌，这是危险的策略。唯有紧围城池，打退援军，叛贼才能擒获。

12．果然，东吴又派朱异率领三万人马进屯安丰（今河南固始东南），作为寿春城内文钦等人的外援。

13. 于是，司马昭一面命令王基等从四面加强对寿春的包围，一面又命奋武将军石苞统帅的兖州、徐州两路军马在外围发动游击，击溃了朱异援军。

14. 不久，东吴大将军孙綝亲率大军出屯镬里（今安徽巢县），再命朱异率军解救寿春。朱异解围失利，后又违抗军令，为孙綝所杀。孙綝引兵退回建业（今江苏南京）。

15. 司马昭对诸将说："朱异不能解围，并非朱异的过错。孙綝将他杀掉，只是为了向寿春致歉，以坚定诸葛诞的意志，使他的希望不致破灭而已。现在外援已去，我们可以全力对付诸葛诞，设法多方误敌，最终达到擒贼目的。"

16. 于是，派人四下传播谣言：“东吴援军就要抵达，而魏国围城大军粮草不继，已把部分老弱残兵送到淮北有粮草的地方去了，可能就要解围了。”

17. 诸葛诞等信以为真，对粮食就不再加以限制。不久，城中开始缺粮，而援兵却迟迟不到。

18. 诸葛诞的心腹蒋班、焦彝两位将军向诸葛诞建议说：“孙綝杀朱异而竟自回军，实际上已是无能为力。目前城中缺粮不能久守，不如乘现在军心稳定，与魏军决一死战。虽不能全胜，总比坐守待毙的强。”

19. 文钦则反对孤注一掷，认为东吴必须派军，蒋、焦二人坚持自己的意见，双方争执不休。

20. 诸葛诞大怒，欲杀蒋班、焦彝，二人恐慌，翻墙出城，投降魏军。

21．这时，城内吴将全怿的侄儿全辉、全仪在建业与家庭发生纠纷，便带着他们的母亲和部曲数十家投奔司马昭的大军。

22. 司马昭采用了黄门侍郎钟会的计谋，秘密替全辉、全仪写了一信，由全辉、全仪的亲信送入城内全怿等人手中，说东吴因为没有取得寿春而大为恼怒，要杀尽他们在建业的家族，所以才逃跑了出来。

23. 全怿、全端便也率领千余人马开城投降。寿春城内人心开始动摇。

24. 文钦对诸葛诞说："蒋班、焦彝认为我们不能突围了，全怿等又率他们部队投降了。这正是敌人戒备松懈之时，我们可以乘机反攻。"

25. 诸葛诞和吴将唐咨也都认为时机成熟，于是开城突围，一连五六天，日夜不断，战斗十分激烈。围城军登上高地，滚石与飞箭如雨而下；突围军死伤累累，血流盈堑，文钦、诸葛诞只得退回城中。

26. 寿春城中粮食快要吃完，有数万人出城投降。文钦建议，为了节省粮食，把原住居民送走，只留下诸葛诞的军队和东吴派遣的援兵坚守待援。诸葛诞不听，于是两人之间互相怨恨，互相猜疑。

27. 一天，文钦去诸葛诞那儿磋商公事，诸葛诞二话没说，就杀死了文钦。

28. 文鸯、文虎闻父被杀，征召部属复仇，可部属不再听命，二人骑马出城，投降魏军。

29. 魏军吏要求把他们处决，司马昭说："文钦罪恶滔天，他的儿子理应处死。然而文鸯、文虎是因穷途末路而来归降，再说城还未攻破，若杀降将，会让城里守军顽抗到底的。"遂下令赦免文鸯、文虎，并赐爵关内侯。

30. 二人拜谢，上马绕城大喊："我二人尚且蒙魏大将军赦罪赐爵，汝等为何还不及早投降！"城内军心动摇，加之饥饿，都有投降之意。

31．司马昭亲自来到城边观察敌情。

32. 城上守军手里拿了箭，却不发射。司马昭对众将说：“可以攻城了。”于是，魏军鼓噪攻城。

33. 寿春城终于被攻破。诸葛诞窘困急迫，从内城突围而出，正遇魏司马胡奋的部队，遂被杀死。

34. 吴将唐咨、王祚因见诸葛诞被戮，也都投降了魏军，至此，魏军终于取得了最后的胜利。由于司马昭指挥有方，没有实施强攻，因而能以较小的代价换取决定性的胜利。

战 例

司马炎一举灭孙皓

编文：张 良

绘画：舒少华 董 武 吴 瀚

原　文　毁人之国而非久也。

译　文　毁灭敌人的国家而不是靠久战。

1. 魏元帝景元四年（公元263年），魏灭蜀，一改三国鼎立为魏吴南北对峙。魏相国、晋公司马昭因此进爵为晋王。

2. 灭蜀后，司马氏在曹魏政权中的统治地位已无法动摇。魏咸熙二年（公元265年）八月，司马昭病死，其子司马炎嗣为晋王。同年十二月，终于废黜魏元帝曹奂，自立为帝，立国号为晋，改元泰始。

3. 司马氏早在灭蜀之前就有先定巴蜀、后吞东吴的设想。晋武帝司马炎代魏后，由于长江天堑、久战兵疲及晋国初立、帝位未稳等原因，暂未出兵，但灭吴的准备工作却在积极进行。

4．吴国自蜀国灭亡之后，形势已岌岌可危。吴永安七年（公元264年），吴景帝孙休病死，孙权之孙孙皓为帝，孙皓沉湎酒色，奢侈无度，国用入不敷出。

5. 孙皓宠幸佞臣，迷信巫卜，有敢于上谏和得罪于他的大臣，不是被斩，就是灭族。朝中人人自危，朝不虑夕。

6. 司马炎经过五年的努力，国内政局稳定，军事实力大增，于是就着手灭吴，派尚书右仆射羊祜统领荆州诸军，镇守重镇襄阳，以牵制吴国军队。

7. 沿江各大重镇也均派大将经略，虎视江南。

8. 晋泰始六年（公元270年），河西（今甘肃河西走廊）一带的鲜卑族首领秃发树机能起兵反晋，占据凉州，司马炎不得不分兵御边，灭吴行动暂时延缓。

9. 泰始八年（公元272年），边地稍安，司马炎即召来羊祜商议伐吴。羊祜认为当年曹操南征失败，原因是缺乏水师，现应训练水军，制作舟舰，控制上游。一旦时机成熟可以多路并进，水陆齐发，突然袭击，一举灭吴。

10. 司马炎当即密令益州刺史王濬在巴蜀训练水军，建造战船。

11. 王濬在巴蜀集中各郡造船工及士兵一万余人，一年内就完成了所需战船。大舰可载二千余人，船上可驰马往来。自古至晋，还没建造过这样庞大的船队。

12. 吴国建平（今四川巫山北）太守吾彦发现上游不断有大量碎木片漂下，推断晋必有攻吴之计，上疏请求孙皓增兵建平，守住险要，以防晋军顺水而下。

13. 孙皓还以为晋国无力对吴用兵，根本不予理睬。

14. 吾彦只得自命民工，铸造铁链、铁锥，在长江险要西陵峡水面，设置障碍，横锁江面。

15. 羊祜在荆州实行怀柔策略，减少守备巡逻部队，进行屯田。初到时，军无百日粮，数年后，已积有十年的军粮。

16. 又与吴人友好相处，晋兵不入吴地。会猎时，捕获先被吴人射伤的禽兽，都送还吴人。羊祜的这些举动，深得吴人的欢心，也麻痹了吴人的警觉。

17. 晋泰始十年（公元274年），吴名将陆抗病死，他所辖的军队由他的五个儿子率领。吴国长江中下游防务，由于失去干练的统帅，更加削弱。

18. 羊祜认为伐吴时机已到，就向司马炎陈述：“孙皓暴虐已甚，现在伐吴可以不战而胜。如孙皓不幸病故，吴国另立明君，晋国纵有百万之众，也难图吴也。”

19. 司马炎赞同，想派羊祜统帅伐吴诸军，羊祜以年老有病恳辞，并推荐杜预代己。

20. 不久，羊祜病死，司马炎任命杜预为镇南大将军，都督荆州诸军事。

21．晋咸宁五年（公元279年）年底，司马炎彻底平定了凉州边乱，灭吴准备也很充分，于是集中六路大军二十余万人，展开平南之战。

22. 六路大军云集江北，吴国千里江防，自扬州至江陵，无处不受晋军攻击。为便于水、陆协同作战，晋规定自巴蜀顺江而下的水师，到建平后，受杜预指挥；到建业后，受安东将军王浑指挥。

23. 晋太康元年（公元280年）一月，晋各路大军向预定目标进击，揭开灭吴战争的序幕。多路并进，水陆齐发，声势浩大，吴军胆战心惊。

24. 王濬水师，兵甲满江，旌旗烛天，浩浩荡荡顺流而下，越瞿塘，过巫峡，一举击破丹阳城（今湖北秭归东），活捉丹阳监盛纪。

25. 进入西陵峡，舰船受阻于拦江的铁链和暗置江中的铁锥。王濬命水性好的士卒，撑数十个大木筏先行，因水流湍急，木筏将铁锥带出，随流而去。

26. 王濬又令士兵，将数只巨大的火炬，安置在船前，灌满麻油，烧熔铁链。吴军原以为这些障碍足以阻止晋军，未曾派兵把守。晋军烧熔铁链后，顺利进军。

27．在王濬进军的同时，杜预也出兵策应，派部将周旨率奇兵八百人，乘夜渡江，埋伏在乐乡（今湖北松滋东北）附近，伺机而动。

28. 王濬军抵达乐乡，吴军都督孙歆派军出城作战。一经交战，吴军就大败而归。

29. 伏于城外的周旨八百兵士也随吴败兵入城，孙歆还未明白过来，就做了晋军的俘虏。

30. 杜预、王濬水陆大军合攻江陵。吴江陵守将伍延，假装投降，在城内伏下精兵，想诱击杜军。

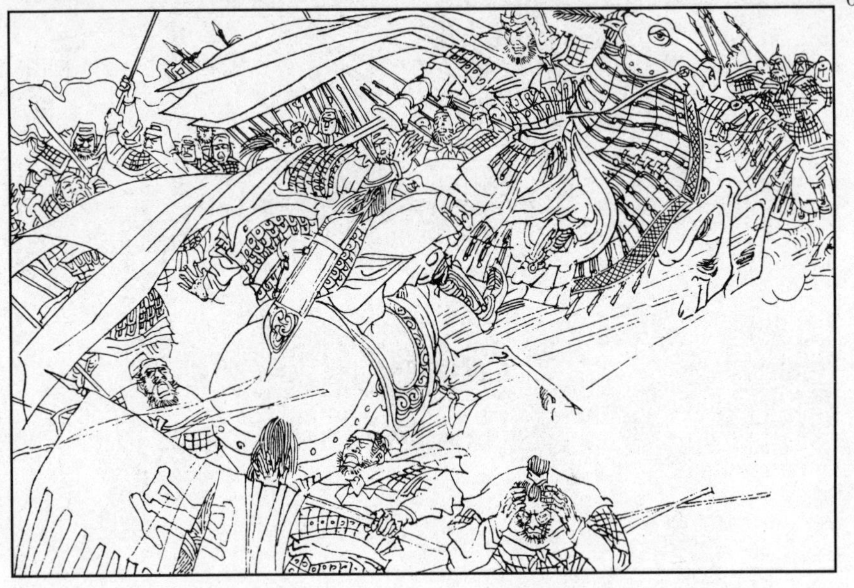

31. 杜预识破他的计谋，突然发兵攻击，攻克江陵，斩杀了伍延。

32．长江上游部队一路攻无不克，逼降吴国武昌（今湖北鄂城）守将后，胜利结束上游战斗。长江下游的王浑军，已进军横江（今安徽和县东南），开辟渡江地域。

33. 吴主孙皓为挽救危局，派丞相张悌领精兵三万渡江迎战。军至牛渚（今安徽当涂以北采石），丹阳太守沈莹建议在此坚守，以防晋军王濬水师东下。

34. 张悌说："王濬水师至此，众心骇惧，恐怕连仗都打不成，今若先渡江决战，侥幸取胜，则军威大振，就能西上，迎战晋国水师于途中。"于是张悌命全军渡江，寻找王浑部决战。

35. 吴军在杨荷（桥名，今安徽和县境内）正遇王浑军前锋张乔所率七千余人。张悌将其部包围。张乔见寡不敌众，闭栅请降。

36. 吴军副军师诸葛靓认为是伪降，对张悌说：“把他们留在这里必有后患，不如攻而屠之。”张悌摇着头说：“强敌在前，杀降不祥。”于是安抚张乔后继续前进。

37. 吴军进至杨荷以北的版桥，就与王浑的主力遭遇。沈莹率五千精兵发起冲击。

38. 但连冲三次，都被晋军击退，沈莹和二员大将相继阵亡。

39. 吴军只好引兵后退，晋军乘势反击，吴军大乱。此时，张乔也从背后杀来。

40. 晋军前后夹击，吴军全线崩溃。诸葛靓身边尚有数百亲兵，见张悌还愣立阵中，便派兵唤他同逃。

41. 张悌决意不走，诸葛靓前去拉着他说：“吴国的存亡自有天数，不是您一个人可以挽回的，何必自去找死！”

42. 张悌流着泪说：“我小时就为前辈所识拔，常恐有负知遇之恩，今日只能以身殉国，请您不必再言。”

43. 诸葛靓再三拉不动他，只好挥泪离去，未行多远，再回头看时，张悌已被晋兵所杀。

44. 此时，晋国陆路大军都已进逼江岸。王濬水师也抵达三山（今南京西南五十里）。吴主孙皓派游击将军张象率万余水军，前去阻挡王濬，张象竟望风而降。

45. 吴国派去平叛的大将陶濬正好返回建业。孙皓急忙召见，问他有何办法抵御晋军，陶濬夸口道："只要给我二万兵力，乘大船出战，足以破敌。"

46. 孙皓于是将军权交给陶濬，命他第二天领兵迎敌。

47. 吴军士兵得知后，当天夜晚都纷纷逃走。

48. 孙皓已无兵可派了，吴国高层官员也都陆续过江降晋。孙皓采用光禄勋薛莹、中书令胡冲等人的计策，同时分送降书给王浑、王濬、琅玡王伷，想使三人争功以激起晋军内乱。

49. 王浑接到降书后，要王濬来江北商议，王濬借口风大，船只不能停泊，扬帆直指建业。

50. 三月十五日，王濬率八万水师入建业，吴主孙皓被迫到王濬军门请降。晋军自一月发起进攻，到此仅两个月时间，就灭亡了割据江东五十七年的孙吴政权。

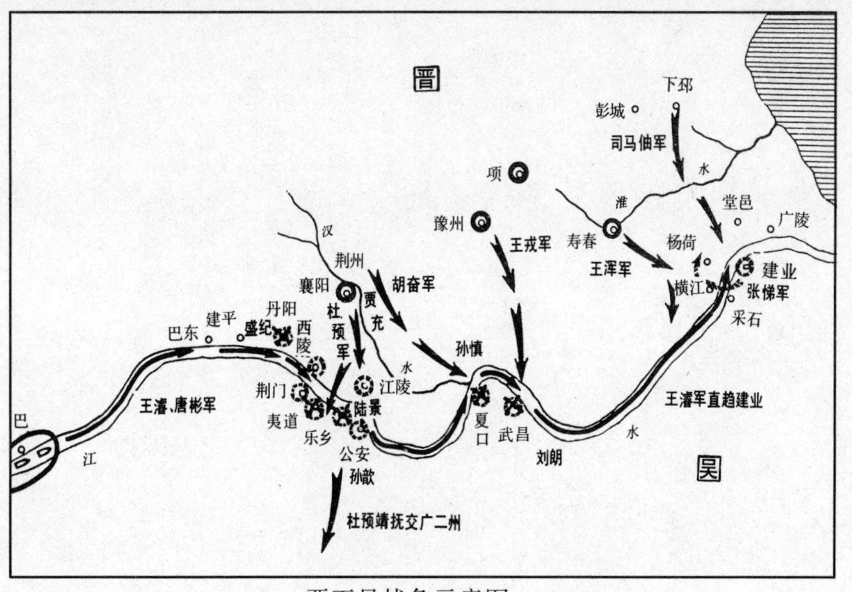
晋
下邳
彭城
司马伷军
水
项
淮
堂邑
广陵
豫州
寿春
杨荷
汉
王戎军
王浑军
荆州
建业
横江
张悌军
襄阳
胡奋军
采石
丹阳
杜
贾
充
巴东
建平
盛纪
西
陵
预
军
孙慎
水
荆门
江陵
王濬军直趋建业
王濬、唐彬军
陆景
巴
夷道
夏
口
武昌
水
乐乡
江
公安
刘朗
吴
孙歆
杜预靖抚交广二州

晋灭吴战争示意图

孙 子 兵 法

SUN ZI BING FA

战例

诸葛亮隆中对策求全胜

编文：佚　佚

绘画：徐有武 徐之泓

原　文　必以全争于天下。

译　文　必须用全胜的战略争胜于天下。

1. 东汉末年，各地豪强互相兼并，形成大大小小的割据势力。建安元年（公元196年）春，曹操把汉献帝挟持到许昌（今河南许昌东），挟天子以令诸侯，独揽大权。

2. 建安四年十二月，汉室后裔刘备秘密与反对曹操的大臣多方联络后，决定起兵讨伐曹操。

3. 当时，曹操正在部署对袁绍的官渡大战，刘备杀死徐州刺史车胄，占据下邳（今江苏邳县南），与袁绍遥相呼应，合力攻曹。

4. 曹操为了避免两面受敌，与谋士们详细分析了局势，最后决定先攻破刘备，然后集中力量抗击袁绍。

5. 曹操亲率精兵奔袭刘备，刘备猝不及防，全军溃散，只身出逃投奔袁绍。

6. 曹操击败刘备后，回军官渡，以弱胜强，击败袁绍。刘备又被迫逃到荆州依附刘表。

7. 刘表接纳了刘备，但又怕他名气太大，对自己不利，就派他去驻守新野（今河南新野），防备曹操军队南下。荆州豪杰之士仰慕刘备之名，依附者甚多。

8. 此时，曹将夏侯惇等率军来犯，刘备用谋士徐庶之计，火烧博望（今河南南阳东北），以伏兵打败了曹军，夺得樊城（今湖北襄樊樊城）。

9. 曹操闻报大怒，将徐庶的母亲抓来，并以她的名义写信招纳徐庶。为了营救母亲，徐庶只得去见曹操。临行前，他向刘备推荐自己的好友诸葛亮。

10. 徐庶说："诸葛亮的政治才能可与管仲、乐毅媲美，读书但观大略，不追求字句的精熟，他虽隐居隆中亲自从事田间劳动，但对天下的政治、军事形势却有精辟的见解，因而人称'卧龙'。若得此人相助，大业必成。"

11. 建安十二年（公元207年）冬天，刘备不辞辛苦，先后“三顾茅庐”，诸葛亮才出来把刘备迎进自己简陋的书房。

12. 刘备诚恳地对诸葛亮说：“现在汉室衰微，奸臣专权，群雄混战。我不自量力，想伸张大义于天下。但是，自己智谋浅短，特来拜见先生，请求指教。”

13. 刘备三顾茅庐求贤的诚意和谦恭诚恳的态度感动了诸葛亮。他拿出一份天下形势图，滔滔不绝地说了起来。

14. 诸葛亮说："要'复兴汉室'，主要敌人是曹操。他现在有几十万大军，挟天子以令诸侯，暂时不能与他正面交锋。

15. “孙权占据着江东，已经延续了三代，那里地势险要，民心归附，人才众多，因此，只可以与他联合而不可去谋取。”

16. 刘备听后连连点头，急切地问道："那我……"诸葛亮又指着地图中的荆、益两地说："荆州北靠汉水、沔水，南通南海，东连吴、会（会稽郡），西达巴、蜀，是攻守皆宜的用武之地。

17. “可惜占据荆州的刘表见识短浅、庸弱昏聩、妒才忌能，怎能抵挡得住曹操的征伐和孙权的觊觎！这是天赐给将军的一块好地方，将军难道不想得到它吗？”

18. 诸葛亮见刘备沉默不语，又继续说道："还有益州，地势险要，易守难攻，那里沃野千里，自古有'天府之国'之称。可是益州主刘璋昏庸无能，那里的有识之士都在盼明主哪！"

19．刘备听了这番精辟的分析，不觉怦然心动，不过嘴上说的还是："我才疏德薄，智术短浅，今又屡遭失败，要想干成这番大事，恐怕很难。"

20. 诸葛亮说："将军不必过分谦虚。您是王室后代，天下人又都钦佩您讲信义，只要您招贤纳士，海内豪杰都会接踵而至的。

21. “将军应抓紧时机，首先占据荆州，有了立足之地后，再取益州。然后，守住险要，励精图治，扩充实力，鼎立一方，这样……”刘备不觉冲口而出：“就可学高祖，图霸中原。”

22. 诸葛亮道：“要图霸中原，还需西和戎族，南抚夷越；外联孙权，内修政治，静观时变。

23. “一待时机成熟，就可以命令一位大将，率荆州军队，进军洛阳，您自己则领益州大军，直取秦川，到那时，霸业可成，汉室可兴了……”

24. 诸葛亮这一番以万全之策取天下的战略分析，使刘备茅塞顿开，只恨相见之晚！他诚恳地说：“先生盖世高才，不能空老于陇亩，愿先生顾念汉室的艰危，助刘备一臂之力！”

25. 诸葛亮虽隐居隆中，却密切注视着社会政治形势的变化，寻找着“明主”一展自己的远大抱负。眼前的刘备正是这样的人物，于是，他欣然接受了刘备的邀请，走出隆中。

26. 诸葛亮出山以后，按照隆中定下的策略，赤壁之战中，与孙吴联合，打败了曹操，得到了荆州。后又顺利地西取巴蜀，建立了巩固的根据地，形成了魏、蜀、吴三国鼎立的局面。

战例

谭纶三军合围灭倭寇

编文：米 河

绘画：陈运星 唐淑芳
罗培源 阎显花

原　文　十则围之，五则攻之，倍则战之。

译　文　有十倍于敌的兵力就包围敌人，有五倍于敌的兵力就进攻敌人，有两倍于敌的兵力就努力战胜敌人。

1. 十六世纪初，日本国内战争频繁，一些溃兵和破落封建武士在国内站不住脚，便勾结我国奸商和海盗，不断侵扰我国东南沿海地区，百姓称之为“倭寇”。

2. 当时明朝政治日趋腐败，军备废弛，这就使得倭寇活动更加猖獗。北自辽阳，南至江苏、浙江、福建、广东沿海，都是倭寇出没之地。倭寇异常残暴，杀人放火，无恶不作，百姓深受其害。

3. 明朝政府先后派俞大猷、张经、谭纶、戚继光等平息倭患，一连打了几个大胜仗，肃清了山东、浙江沿海的倭寇。

4. 戚继光是山东蓬莱人，原来在俞大猷部下抗击倭寇，后调到浙江镇守宁波、绍兴、台州三府。他在金华、义乌一带募集新军，进行严格训练，又配以火器，屡打胜仗，人称“戚家军”。

5. 浙江倭寇平息之后，侵扰福建的倭寇日渐猖狂，戚继光奉命入闽作战，屡战连胜后回浙休整。

6．倭寇欣喜万分，相互庆贺说，戚老虎已去，我们还有什么可惧怕的呢？遂于嘉靖四十一年（公元1562年）十月纠集精悍人马六千包围了兴化府城（今福建莆田）。但兴化府城的百姓配合军队严密防守，使得倭寇屡攻不克。

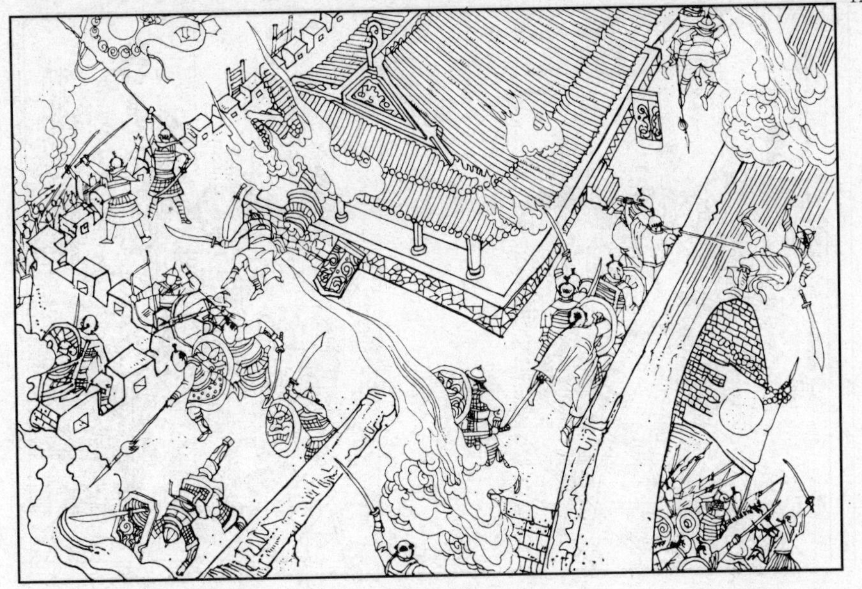

7. 一天深夜，倭寇冒充明军杀死守城的将士，纷纷从西门登城进入府城。军民坚守一个多月的府城就这样被倭寇占领了。

8. 这是自抗倭以来少有的府城被陷的情况。朝廷闻报，十分震惊，任命俞大猷、戚继光为正、副总兵，火速带兵入闽抗倭。

9. 嘉靖四十二年（公元1563年）正月，听说戚家军又将入闽，倭寇将兴化城洗劫一空，然后弃城退至平海卫（今莆田平海），企图筑垒固守。平海卫位于一个不大的半岛上，这个半岛恰似一只脚伸入平海湾和兴化湾之间。

10. 各路部队陆续进入福建，朝廷派谭纶为福建巡抚兼提督军务，统一指挥各军联合抗倭。

11．俞大猷率兵六千自江西至兴化江口，与广西总兵刘显会合，将倭寇围困在平海卫，并建排栅，挖沟筑垒，防止敌人从陆路逃跑。

12. 另派许朝光巡视平海卫外洋，防止敌人从海上逃跑。两路兵马共同等候戚继光的到来，以便合兵攻剿。

13. 戚继光自年初接到再次入闽的命令后，又到义乌募兵，边行军边练兵，于四月十三日赶到福建福清。他写信向谭纶报告情况，请谭纶协调三军行动，确保战斗胜利。

14. 倭寇得知明军到来，一面派人护送掠夺到的大量财物回国，同时将精悍人马三千，转移到渚林许家村。平海卫所在的半岛像一只伸入海湾的脚，渚林位于脚腕处，地形狭窄，是扼守平海的咽喉。

15. 谭纶深知这次作战的艰巨，明军多于倭寇六七倍，宜“十则围之”，以达到全歼的目的。

16. 谭纶召集戚继光、俞大猷、刘显，商讨进剿方略。大家一致认为，倭寇人数虽少，但占据险地，能以一当十，明军必须速战。

17．戚继光愿担重任，主动提出“身当中哨，刘、俞犄角”的会兵攻剿建议，谭纶大喜。

18. 谭纶决定第二天进攻平海卫，以戚继光为中军，担任正面攻击；以俞大猷为右军，刘显为左军，担任两翼包围，以重兵临战，务必全歼倭寇。

19. 次日凌晨，戚继光以胡守仁部为前导，分兵三路，衔枚急进，到达五党山侧岭，月亮尚未落山，部队休息待机。

20. 月落天晓，戚继光指挥部队直逼倭寇营垒。

21．倭寇发觉后，二千多人一拥而出，以百余骑兵为前锋，步兵随后，迎战戚家军。

22. 戚家军前队火器齐放迎击，一时间铳声、炮声震天，火光并起，打得倭寇战马受惊，四处乱窜，队形大乱。

23. 但倭寇步兵仍顽强抗击，挥舞着刀、剑，狂呼乱叫着冲上前来，气焰十分嚣张。

24. 戚家军也不示弱，发起冲锋，同倭寇展开一场激烈的肉搏战。

25. 正当战斗紧张进行之时，俞、刘二军从左右两翼同时投入战斗。倭寇三面受敌，很快招架不住，被杀得人仰马翻。

26. 死里逃生的倭寇狼狈窜回许家村老巢。三路明军乘胜追击，将倭寇紧紧围困在许家村。

27. 戚继光观察了风向，提议火攻。士兵点燃了寨门，火苗顺风蔓延，片刻，倭寇老巢烧成一片火海，倭寇惨叫着四处逃窜。

28. 明军乘机发起猛攻，很快攻下许家村，尽歼余寇。

29. 此战，明军集中全部优势兵力，在谭纶的统一指挥下，正面突击，两翼包抄，速战速决，仅以四五个小时，就全歼倭寇二千四百五十一人，救出被掳男女三千余人。

30. 次日，戚继光又派兵搜剿余寇，收复平海卫。平海卫既破，其余倭寇大惧。明军乘胜进兵，福建以南的倭寇全部溃去。

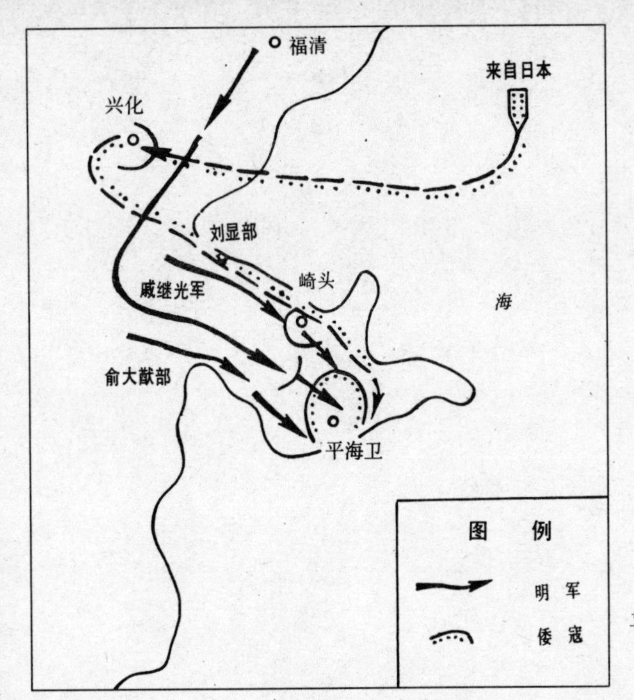

平海卫之战示意图